Dream BiG Little Pig!

KRISTI YAMAGUCHI
Illustrated by Tim Bowers

This book belongs to:

_____

Enjoy reading this book compliments of

Poppy was a pig.

A pot-bellied, waddling, toddling pig.

She was a pig with dreams. And she

was a pig who dreamed big!

She wanted to be a star.

Poppy had always dreamed of
being a posh prima ballerina.

She tried out for Swan Lake, a famous ballet.

But Poppy was not graceful. In fact,

she was quite clumsy.

"Follow your dreams!" said Poppy's mother, who loved her no matter what. "You go, girl!" said Poppy's grandparents, who were her biggest fans. "Dream big, pig!" said Poppy's best friend, Emma, who was always there for her.

"Dancing is just not for you," said
the people in charge of the ballet.
"Try something else!"

So Poppy tried out for Singing Stars,
a popular chorus competition.
She had always dreamed
of being a soulful singer.

But Poppy sang off-key. And to be honest,
she couldn't really carry a tune.

"You go, girl!" said
Poppy's grandparents.

"Follow your
dreams!" said
Poppy's mother.

"Dream big, pig!"
said Emma.

"Singing is just not for you," said the people in charge of the competition. "Try something else!"

So Poppy tried out for Supermodel Search. She had always dreamed of being a big-time splashy supermodel.

But Poppy
was not very glitzy
or glittery, and she even
tripped on her fancy gown.

"Follow your dreams!" said Poppy's mother.

"You go, girl!" said Poppy's grandparents.

"Dream big, pig!" said Emma.

"Modeling is just not for you," said the
people in charge of the search.
"Try something else!"

But Poppy didn't know what else to try.

And as she wandered through New Pork City,
she began to wonder if her dreams
would really come true.

Poppy was about to give up when she
heard her mother say, "Just follow your heart.
Remember, we love you no matter what."
And her grandparents cheer, "We're your biggest fans!"
And her best friend, Emma, squeal,
"We're here for you!"

Poppy smiled. She knew
just what to do!

When Poppy thought about all the things she truly loved—her friends and family were at the top of the list! So, the next day, Poppy invited Emma for a "pig's day out" in the park.

While giggling and strolling along, they spotted an ice rink.
Poppy and Emma watched the skaters skimming and spinning,
swooping and swizzling on the ice. Poppy realized it was the
most beautiful sight she had ever seen.
Her heart danced with joy!

Emma saw a twinkle in Poppy's eye and
high-fived her friend. "Dream big, pig!" she cheered.
So Poppy waddled and toddled right up to the
teacher and said, "I'd like to be
a spectacular ice-skating star."

"A pig on ice?" the teacher
pondered. "Honey, I don't
know if that's possible."

"Anything's possible,"
responded Poppy. "I believe
in dreaming big!"

The teacher shrugged. "As you wish," she said.
"We'll see if the pig's got pizzazz."

Poppy laced up her
skates. She slipped and
slid all over the ice.
She fell.

But, this time…

...Poppy got up.

Over and over and over, she
shuffled and stumbled and
fumbled and fell.

But by the time the rink closed for the night,
Poppy was skating more than she was falling.
And it felt like…magic!

Poppy returned to the rink the very next day.
Her cheeks were pink with winter
wind and excitement.

She was so happy gliding and
sliding and tumbling and bumbling
on the ice, she didn't even notice
that she wasn't perfect.

And nobody else did either.

Now, a most persistent pig, Poppy learned to twirl
and swirl and to do dips and lunges and splits.
Poppy learned to do jumps and spirals and lifts.

Before she knew it, more and more
skaters stopped to watch Poppy practice—she
was quite a sight! She even had her picture
on the front page of the newspaper.
Poppy felt like a star!

Some of her fans made T-shirts
that read "FOLLOW YOUR DREAMS!" Others
wore hats that said "DREAM BIG, PIG!" And
tote bags declared "YOU GO, GIRL!"
Poppy's dreams had come true!

Time went by, but Poppy didn't stop dreaming.
One day, she decided to be a pilot. She wanted
to parachute and be the first sky-diving pig.
"When pigs fly!" said the other pilots.
But they did not know Poppy.
She was a pig who dreamed big.

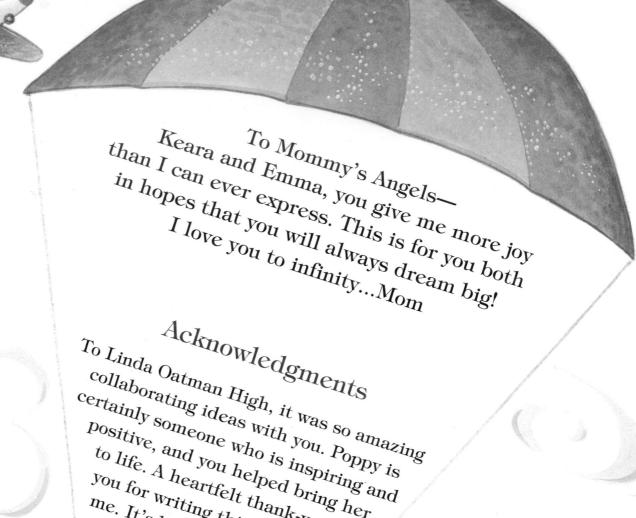

To Mommy's Angels—
Keara and Emma, you give me more joy
than I can ever express. This is for you both
in hopes that you will always dream big!
I love you to infinity...Mom

Acknowledgments

To Linda Oatman High, it was so amazing
collaborating ideas with you. Poppy is
certainly someone who is inspiring and
positive, and you helped bring her
to life. A heartfelt thank-you to
you for writing this book with
me. It's been such an honor.
—Kristi

To Rubin,
an encouraging
voice when I'm
dreaming big.
—TB

Text © 2011, 2022 by Kristi Yamaguchi
Translation by S. del Moral, 2022
Cover and internal illustrations © 2011, 2022 Tim Bowers
Cover and internal design © 2011, 2022 by Sourcebooks
Cover design by Jane Archer (www.psbella.com)

Sourcebooks and the colophon are registered trademarks of Sourcebooks.

Published by Sourcebooks Jabberwocky, an imprint of Sourcebooks Kids
P.O. Box 4410, Naperville, Illinois 60567-4410
(630) 961-3900
sourcebookskids.com

Source of Production: Wing King Tong Paper Products Co. Ltd.,
Shenzhen, Guangdong Province, China
Date of Production: February 2022
Run number: 5025088

Printed and bound in China.
WKT 10 9 8 7 6 5 4 3 2 1

Para los angelitos de mamá:
Keara y Emma: ustedes me dan más alegría
de la que puedo expresar. Esto es para ustedes,
¡con la esperanza de que siempre sueñen en
grande! Con un amor infinito, mamá.

Agradecimientos

A Linda Oatman High: fue fabuloso
colaborar contigo y compartir ideas. Poppy
ciertamente es alguien que inspira y
rebosa positividad, y me ayudaste a
darle vida. Para ti, mi más sincero
agradecimiento por haber
escrito este libro conmigo.
Ha sido un honor.
—Kristi

A Rubin,
una voz que
me anima cuando
sueño en grande.
—T.B.

Texto © 2011, 2022 by Kristi Yamaguchi
Traducción de S. del Moral, 2022 Portada e ilustraciones
en interiores © 2011, 2022 Tim Bowers
Portada y diseño de interiores © 2011, 2022 by Sourcebooks
Diseño de la portada: Jane Archer (www.psbella.com)

Publicado por Sourcebooks Jabberwocky, un sello editorial de Sourcebooks Kids.
P.O. Box 4410, Naperville, Illinois 60567–4410
(630) 961-3900
sourcebookskids.com

Impresión: Wing King Tong Paper Products Co. Ltd.,
Shenzhen, Guangdong Province, China
Fecha de impresión: Febrero de 2022
Tiraje: 5025088

Impreso y encuadernado en en China.
WKT 10 9 8 7 6 5 4 3 2 1

El tiempo pasó, pero Poppy nunca dejó de
soñar. Un día, decidió ser aviadora.
También quería lanzarse
en paracaídas y ser la primera cerdita
paracaidista. —Una cerdita en el aire…
¡Imposible!—le decían los demás pilotos.
Pero no conocían a Poppy.
Ella era una cerdita que soñaba en grande.

Algunos de sus fans hicieron camisetas
que decían: "¡ALCANZA TUS SUEÑOS!". Otros
llevaban gorras que decían: "¡SUEÑA EN GRANDE!".
Y algunas bolsas decían: "¡TÚ PUEDES!".
¡Los sueños de Poppy se habían vuelto realidad!

Antes de que se diera cuenta, más y más
patinadores se detenían a ver practicar
a Poppy: ¡era todo un espectáculo!
Hasta le tomaron una fotografía que salió en
la primera plana del periódico.
¡Poppy se sentía como una estrella!

Se sentía tan feliz deslizándose en patines, aunque se cayera y se moviera con torpeza sobre el hielo, que ni siquiera se dio cuenta de que no lo hacía a la perfección.

Y nadie más lo notó tampoco.

Como Poppy era una cerdita muy persistente, pronto aprendió a hacer giros y piruetas, a inclinarse, a patinar con un pie delante del otro y hacer splits sobre el hielo. Poppy aprendió a saltar y a equilibrarse en una pierna y a dar vuelta tras vuelta.

Poppy volvió a la pista al día siguiente.
Tenía las mejillas sonrosadas por
el viento invernal y la emoción.

Para cuando la pista de patinaje cerró,

Poppy patinaba ya más de lo que se caía.

Era una sensación casi… ¡mágica!

...Poppy se levantó.

Una y otra vez, arrastró los pies,

se tropezó, se resbaló y cayó.

Poppy se ató las agujetas
de los patines.
Se resbaló y trastabilló
sobre el hielo.
Y se cayó.

Pero luego…

—¿Una cerdita sobre hielo?

—dijo pensativa la maestra—.

Querida, no sé si sea posible.

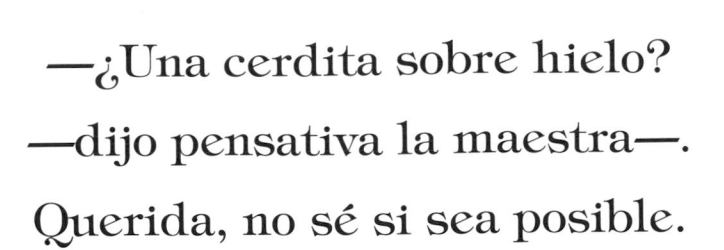

—Todo es posible—
respondió Poppy—.
¡Yo creo que uno debe
soñar en grande!

La maestra se encogió de hombros.

—Como quieras—le dijo—.

Vamos a ver si esta cerdita tiene la chispa que se necesita.

Emma notó el brillo en los ojos de Poppy y chocó las palmas con su amiga. —¡Sueña en grande, amiga!— la animó. Poppy caminó contoneándose hasta donde estaba la maestra y le dijo: —Me gustaría ser una estrella espectacular del patinaje.

Mientras iban paseando y riéndose, vieron una pista de patinaje sobre hielo. Poppy y Emma vieron a los patinadores deslizarse, girar y saltar describiendo figuras sobre el hielo. Poppy se dio cuenta de que era el espectáculo más hermoso que hubiera visto. ¡Su corazón bailó de alegría!

Cuando Poppy pensó en todo lo que realmente amaba,
¡su familia y sus amigos estaban a la cabeza de la lista!
Y así, al día siguiente, Poppy invitó a Emma ¡a un día
de diversión porcina en el parque!

Poppy estaba a punto de darse por vencida,

cuando se puso a pensar en lo que su madre decía:

"Siempre trata de hacer lo que te gusta.

Recuerda, te amamos pase lo que pase".

Y pensó en sus abuelos que siempre la animaban:

"¡Somos tus más grandes fans!".

Y en su mejor amiga, Emma, que siempre le decía:

"¡Nosotros te apoyamos!".

Poppy sonrió. ¡Ya sabía
lo que iba a hacer!

Y mientras vagaba por la ciudad de Nueva Pork,
comenzó a dudar que sus sueños
pudieran hacerse realidad.

Pero Poppy no sabía qué más intentar.

—El modelaje simplemente no es lo tuyo
—le dijeron los encargados de la selección de modelos—.
¡Intenta algo diferente!

—¡Trata de alcanzar tus sueños!—le decía a Poppy su mamá.

—¡Tú puedes!—animaban a Poppy sus abuelos.

—¡Sueña en grande, amiga!—le decía Emma.

Pero Poppy
no era muy elegante
ni muy glamorosa, y hasta
se tropezaba con el extravagante
vestido que se puso.

Así pues, Poppy decidió participar en una selección de supermodelos. Siempre había soñado con ser una supermodelo famosa.

—El canto simplemente no
es lo tuyo
—le dijeron los encargados
de la competencia—.
¡Intenta algo diferente!

—¡Tú puedes!—animaban a Poppy sus abuelos.

—¡Trata de alcanzar tus sueños!—le decía a Poppy su mamá.

—¡Sueña en grande, amiga!—le decía Emma.

Pero Poppy era desentonada. Y, para ser francos,
ni siquiera podía seguir el ritmo.

Entonces Poppy trató de cantar en
Estrellas Musicales, una competencia
para cantantes muy popular. Siempre había deseado
conmover a la gente con su voz.

—¡Sueña en grande, amiga!—le aconsejaba a Poppy
Emma, su mejor amiga, que siempre la apoyaba.

—El ballet simplemente no es lo tuyo
—le dijeron los encargados del ballet—.
¡Intenta algo diferente!

—¡Trata de alcanzar tus sueños!—le decía a Poppy su mamá, que la quería mucho, pasara lo que pasara.

—¡Tú puedes!—animaban a Poppy sus abuelos, que eran sus mayores fans.

Hizo una audición para "El lago de los cisnes",
un famoso ballet, pero Poppy no bailaba con
gracia. De hecho, era bastante torpe.

Siempre había querido ser una elegante prima ballerina.

Poppy era una cerdita. Una cerdita
barrigona que caminaba balanceándose de
un lado al otro. Era una cerdita con sueños,
y ciertamente soñaba en grande:
¡Poppy quería ser una estrella!

Esté libro le pertenece a:

_____

Disfruta leyendo este libro cortesía de

¡Sueña en Grande Cerdita!

KRISTI YAMAGUCHI
Ilustraciones de Tim Bowers